Inge Slopianka

Inge vertellt

Band III

Inge Slopianka

Inge vertellt

Band III

MOHLAND

Bibliografische Information der Deutschen Bibliothek
Die Deutsche Bibliothek verzeichnet diese Publikation in der Deutschen Nationalbibliografie; detaillierte bibliografische Daten sind im Internet über http://dnb.ddb.de abrufbar.

Die plattdeutsche Schreibweise ist unverändert von der Autorin übernommen worden.

Inge Slopianka
Inge vertellt - Band III

1. Auflage 2008

Titelbild: Inge Slopianka
Herstellung: Büchermaus, 25862 Goldebek
Verlag: MOHLAND Verlag D. Peters Nachf.
Dorfstraße 9, 25862 Goldebek
www.mohland-online.de

ISBN 978-3-86675-088-3

Inhaltsverzeichnis

Mien Steern

En Dag is wi de annere? Oh nee, ganz gewiß nich.

Ik weer schon recht fröh ünnerwegens – wi jümmers. Dat gifft mal Minuten, Stünnen, mitünner ok mal'n ganze Dag un Nacht – ik weer truurich.

De Blick weer verswummen, de Traans seten locker, ik hööl se nich trüch, leet se lopen. Se kullerten över mien Wangen un verleepen op mien Jack.

De Bank in de lütte Weg an de Bahndamm, de stüürte ik an un sette mi daal. Dat weer en kloore Morgen, frisch un schummerig. In de lütte Weg op de lütte Bank is dat jümmers so schöön ruhig. Keen Minsch to hörn un to sehn. De Vagels sungen noch nich, bloots en lieset Rauschen ut de Bööm weer to hörn.

De Bank in de lütte Wech an de Bohndamm

Ik lehnte mi an de Bank trüch, de Traans leepen sachte; ik stoppte se nich, wischte se ok nich af.

Mi güngen so veele Gedanken dörch de Kopp, truurige, lustige, schööne – en Dodesdag – vun'n leeve Minsch! Dor dörf man de Traans tolaten.

Mien Gedanken weern wiet wech, mien Blick keek in't Nix, in't Leere. Dor blitzerte en Steern an de Heven op mi daal. So blank un hell, as weer he jüst putzt wurrn. De schiente mi liek in't Gesicht un ik makte de Ogen dicht, halte mi in Gedanken de Steern na neern – to mi – in mien Hand – un packte mien truurige Gedanken, mien Traans un all wat mi weh dee dorin un schickte em wedder na baven mit de Beed: „Nehm mi de swoore Last vun de Bost un lat mi wedder fröhlich sien – mi geiht dat doch sunst ganz good."

Na en lütte Ogenblick stunn ik op un güng, mien Morgensteern begleitete mi dorbi, na Huus.

An de sülve Avend, tämlich spät weer dat un noch recht mild un windstill, so dat ik noch en Gang dörch de Goorn makte un verwielte en lütte Ogenblick op de Eekenbank mang de Dannen.

Vun baven strahlte mien Steern op mi daal.

„Danke, danke – mien Morgen-Abendsteern, dat ik mien swoore Gedanken hochschicken durf un du mi Frieheit un kloore Gedanken trüchschickt hest."

För mi is dat en Bewies, dat man in de Frieheit Frieheit findet. Kiek in den Steernenheven tell nich alle, bloots een – schenk di sülvst bloots een Steern. En, de di begleitet. Wenn di dat good geiht, segg: „Danke!" Wenn di dat schlecht geiht, segg: „Bitte, hölp mi!"

Lust op Lust

Dat Beer nich glieks Beer is, dat weeten wi all. Dat dat mehrere Sorten gifft, is ok kloor. Dat en Flensburger Bruuerie söven Sorten anbeeden deiht, is ok nich jüst'n Wunner. Dat dat avers Beer gifft, dat Lust op Lust makt, dat is – glööv ik – nüü.

As ik in de Zeitung leest heff, dat de Flensburger Bruuerie mit de Erotik-Konzern Beate Uhse en geschäftliche Liaison hett – dat is so veel as en Liebesverhältnis – dach ik toerst an en Aprilscherz.

Is dat avers nich. Nee, dat gifft tatsächlich Beer, dat is nich bloots ut Water, Gerste un Hopfen. Nee, in dat Beate-Uhse-Beer is en Extrakt ut en brasilianische Potenzholt.

Nu wüllt jüm bestimmt weeten, wat dat för'n Boom is, de bi de Potenz nohölpen deiht, wa? Tja, dat kann ik jüm nich seggen. Dat weet ik nich un dat is ok man good so, denn sunst geev dat sach keen Flächenstilllegung mehr un keen frieen Flächen mehr in de Goorns. De Buurn würrn alln´s mit den dore Boom opforsten un de Hobbygärtner würrn in de lüttste Eck noch'n Platz för den Exoten finden.

Laat uns man maal wieder överlengen. Nich bloots dat Wild würr de Rinn vun de Bööm afkaun un sik explosionsortig vermehren, nee, ok de Mannslüüd güngen no't Avendbroteten gau maal op´n Stück in't Holt un verteern 'n beten Borke. So as lütte Nodisch, sotoseggen.

Un denn de Folgen ...! Nich uttodenken! Vun wegen Düütschland starft ut ...!

Over nu torüch to dat Beer. De schrieven ja, dat dat Beer

Lust op Lust makt un de Testpersonen ok seggt hebbt, dat se spürbar wild wurrn sünd.

Dat is doch eegentlich gor nich so schlecht. Wenn man maal Handwerker in't Huus hett un de erst maal so'n lütte Buddel Beer kriegen? Denn – dat is doch wiss so ... nich bloots Fruunslüüd, nee, ok körperliche Arbeit reageert doch good af, oder?

Un denn dat Etikett vun de Buddel. Twee nakelte Blondinen kieken di an un wat steiht dor denn noch mehr?

'Erst Plopp dann Popp'.

Oh, Jungs, Jungs! Laat de Füss dorvun. Un wenn nich, denn geev dien Fründin oder Fru ok glieks'n Buddel af, sunst geiht dat in't Ooch, dat geiht scheef! Wild un mööd, dat is'n schlechtet Gespann.

Nu aver mal'n anner Överlegung. Wat is, wenn wi Fruuns uns maal en Buddel Beer to Lief haun? Dat mutt doch notwendig maal testet warrn! Dor kann jo eegentlich nich veel passeern. Uns staht schlimmstenfalls de Hoor to Barg!

Schetpröfung

Denk man nich dat du, wenn du Hund un Katt, Reh un Foss, Haas oder Wildswien, Uhl un Krei uteenanner holen kannst, Jäger warst. Oha, nee, dat is dann liekers noch´n lange Weg.

Ik stellte mi dat alln´s ganz eenfach vör un ging dor ok modich op daal.

Tier- un Gesetzeskunde makten mi Spaaß, aver de Waffen …! Dat weer mien Schwachpunkt. Kennst de Ünnerscheed twüschen Büchs un Flint?

Un denn de Bockdoppel, Drilling, kombineerte Waffen, Kort-, Langwaffen un de Munitschon dorto.

Kaliber un Schrot, nee, Schrot kummt in de Flint.

So, irgendwann heff ik dat denn jo ok intus hatt, aver de Umgang mit de doren Geschütze – Kort- un Langwaffen … man, dor kunn ik eegentlich nich recht mit to doon hebben.

Dat Scheten mit de Revolver weer mi jo en beten unheemlich, aver ik heff en sekere Hand un dat flutschte ganz good.

Nu keem jo dat Scheten in Tellingstedt op den Schetstand mit Büchs un Flint.

Wi weer dat man noch gau? Womit schet ik´n Reh? Mit de Büchs oder mit de Flint?

Ach jo, dat Leed „Im grünen Wald, wo die Drossel singt und das Rehlein springt ... er nahm die Büchse, schlug sie an den Baum und sprach: ´Das war des Rehleins letzter Traum´. „Also mit de Büchs!

Wi bi dat Revolverscheten güng dat mit de Büchs mit´n Zielfernrohr ganz ornlich. Dor keem wat Bruukbaret bi ruut.

Ik weer meist better as de Jungens.

Nu keem aver dat Flintenscheten op Tonduven.

Dammi noch maal, de Junges putzten de Duven man so weg. Dat kunn jo gor nich so swoor sien. De annern beiden Fruunslüüd, Susanne un Maret, weern ok schon fardig un harrn ehr Soll erfüllt.

Nu weer ik an de Tour.

Christoph Rabeler, de Förster, erklärte mi alln´s nipp un nau un denn güng dat ja los.

„Tontaube abrufen, Flinte in Anschlag" un de Tonduuv keem anflogen. Rrumms, rrumms - un vörbi.

En niehe Anloop. Rrumms, rrumms! „Auaa!" De dore scheiß Flint haute mi an´t Kinn. Harr ik en Gebiß hat, dat weer sach achter de heele Duuv herflogen. De weer nämlich weg.

De dritte Anloop. Rrumms, rrumms! En groote Knall un en mächtige Rückslach. De Duuv? De weer weg, wo schull se sunst wull sien? Dorför har ik n' poor Stünnen later en handtellergroote blaue Plack an de Bost.

De 4., de 5., de 6., 7., 8., 9. un ok de 10. Duuv ... de floogen all unbekümmert un heel weg.

„Na ja, nicht den Mut verlieren. Beim nächsten Mal ...!"

Dat hulp mi nich wieder.

Dat nächste maal seech dat nich anners ut as bi´t eerste Maal: 10 x Rrumms, blaue Placken, groote Ogen, Koppschütteln un heele Tonduuven.

„Nicht aufgeben, Inge! Das Büchsenschießen war doch super. Das Gefühl für die Flinte kommt!" Dat weer wedder de Förster.

All de annern Jagdschöler weern good. Bloots ik schoot nich eenmaal, nee, teihn Maal vörbi. Ik glööv, ik harr de Duven lichter griepen as scheten kunnt.

Nadem ik na de 4. Schetünnericht noch nich een Duuv dropen harr, güng ik denn ja in mi. Irgendwat leep dor bi mi nich rund. Woran leeg dat bloots?

„Flinte in Anschlag, abrufen und hochziehen, schießen!"

Ik heff dat bi´t Huus lang öövt – ohne Munitschon natüürlich.

Dorbi markte ik denn so sinnig, woran dat eegentlich leeg.

Bi dat nächste Scheten meld´ ik mi eerstmaal för´n Ogenblick af un fohrte rasch in´t Jagdgeschäft. Dor köffte ik mi en Schetwest.

„Größe 46?"

„Normaal jo, aver hüüt bruuk ik en West in Grötte 40!"

De Verköperin keek en beten sünnerbor, aver dat weer mi nu egaal. De Rietverschluss seet düchtig op Spannung, heel de Druck aver ut.

Ik suuste wedder torüch na de Schetstand, truck de West an un greep mi de Flint. Wat meenst du wull? Vun 10 Duven schoot ik 7 af.

Woran dat leeg?

De Bost weer in´ne Wech!

„Flinte in Anschlag, abrufen und hochziehen, schießen!"

Sied, ganz sied muss du vörn sien. Wat an de Siet oder Achtern sitt, speelt keen Rull. Bevör ik mit de Flint an de Bost vörbi keem, weern de Duven all lang op de Loop.

Nu keem de Prüfungsdag. Mit schlottrige Kneen, veel to enge West un en Paket Munitschon fohrte ik vun to Huus weg.

„Du machst das schon!" Mien Mann nehm mi in´ne Arm.

Op de Schetstand truck ik de enge West an, füllte de Westentasch op de Rüch mit en Paket Munitschon, so dat ik vörn sied weer as´n Brett. Ik ruckelte mi´n beten trecht un suuste op de dree Prüfer los.

„Bitte nehmt mi foorts ran. Mi ward de Luft knapp, denn de Bost sitt mi ünner de Ohrn!"

De Mannslüüd keeken sik verdutzt an, lachten: „Oh nee, nee! Na, denn man los!“

Dammi, weer ik opgeregt. Mien Hart sloog mi ünner de Bost un ünner mien Ohrn. Aver ik schoot vun 10 Duven immerhen veer af un harr de Schetprüfung bestahn. De dore enge West harr sien Deensten daan.

Ob de Bost nu maal eben ünner de Arms oder na de Sied verlogert ward, is doch wull enerlei. Bloots mark di, biet Scheten muss du vörn platt sien.

Wohen in´t Öller?

Wie old büst du? Över Süßtig? Veel öller? Denn schullst du di man schon maal Gedanken maken, wo du för de Rest, de du noch na hest, afblieven willst.

Dat Huus un de Goorn sünd doch veel to groot. Dor is doch ´n End aftosehn, wie lang du dat noch alleen op de Reech kriechst, ohne Hülp. Un denn de dore Pütscherichkeit dorto! Dor warst du keen finden, de di dat recht makt.

Du schullst man so bi´n Lütten in Richtung „Betreutes Wohnen" stüürn. Dor hest du dien Oppassung bet du de Ogen dicht mokst.

Hm, hm, dat hör ik nu nich dat eerste Maal. Wat meenen de Lüüd dat doch all good mit mi.

Betreutes Wohnen, Öllersheim?

Dat kann ik mi nich leisten. Kennt jüm de Plegsätze?

Ok wenn du noch nich klöderich büst un noch keen Plegstufe hest, kost dat richtig Euros!

Ik bün jo vun Huus ut nieschierig un so heff ik mi jo schon maal Prospekte toschicken laten un bün maal to reken anfungen.

De dore Ulla Schmidt! Weet´s wat? De kann wull good reden, aver reken kann se överhaupt nich. Good vun´t Papier aflesen un alln´s schöönreden kann se. Dat heff ik ruutfunnen.

Wi? Dat vertell ik nu.

Wi schon seggt, heff ik mi Prospektmaterial anfordert

- en vun en Seniorenresidenz,
- en vun en Pleghuus,

– en vun dat Romatikhotel un
– en vun´t Krüüzfohrtschipp.

So, nu root mul, wer de Düürste is?

Vun wegen! Luxus is nich jümmers dat Düürste!

Dat is jo dat, wat Ulla Schmidt nich kann ... reken.

Se wööhlt jo bloots jümmers planlos mit ehr grooten Füüs in annerlüüds Portmonee un seggt denn noch: „Wir alle müssen lernen zu sparen!“

Schiet ok, leeve Gesundheitsministerin. Nu reken ik maal mit di. Pass op!

De dörchschnittlichen Kosten för en Pleghuusplatz lingen so wat bi 150 Euro pro Dag. Langtiedbuchungen in en Luxushotel oder en Langtiedreis op en Krüüzfohrtschipp kosten pro Dag man so um 100 Euro.

Reken wi maal wieder.

Genau, ik heff bi mien Luxusleven in Frieheit noch Geld över! Denn ...

– ... dat Personal bringt mi, wenn ik dat will, dat Fröhstück un de Zeitung an´t Bett.

– ... heff ik noch kostenlos Tähnpasta, Seep, Shampoo un jeden Dag frische Handdööker. Jo, ik bün Kunn´, Gast. Keen Patient, de in de Eck sett ward.

– ... ik leern jümmers neehe Lüüd kennen un bün mit junge Lüüd tosamen.

– .... is maal wat kaputt, Fernseher, Lamp oder de Matraz is dörchleegen, alln´s keen Problem. Dat ward kostenlos wesselt oder repareert.

Un ..., dat dörfst ok nich vergeeten, dat ik jümmers sauber un ornlich utseh, de Hoor nich um de Tähn weihn heff un nich vun boben bet neern bekleckert bün, dorop passt dat Personal ´n beten op, denn ik mutt jo in´t Ambiente passen, wenn jüm weet, wat ik meen. Un wenn ik denn noch af un to´n beten

Drinkgeld springen lat, denn sitt ik, Inge, fein trechtmakt in´t Romantikhotel meern in de Stadt Husum.

Eens is ok noch ganz praktisch: Wenn ik maal en Dokter bruuk, de kummt na mi un nich umgekehrt.

Ik heff ok noch nich hört, dat Gäste oder Passagiere vun´t Personal bedrängt oder misshannelt wurrn sünd. Op Pleghüüser dröpt dat jo leider nich jümmers to. Dor ward alltolicht maal en Suite mit en Afsiet verwesselt.

So, un nu weeten jüm, worum ik nich in´t Öllersheim gahn do.

Ik bün dorto eenfach to arm!

Ob ik aver in´t 5 Steerne Hotel oder op en Luxusdamper mien Resttied verbring, weet ik noch nich so ganz genau. Wenn ik man nich so licht seekrank warrn würr, weer dat jo keen Thema.

Over schon dat: Fall ik an´t Land över mien eegen Fööt, kumm ik in´t Krankenhuus un mutt na de Krankenkassenreform düchtig tobetahlen. An Bord vun so´n Luxusdamper hengegen warr ik in mien Suite vun de Borddokter kostenlos verarztet.

Un nu dat Beste: Mit so´n Luxusdamper seh ik noch maal de ganze Welt.

Also, söök mi nich mehr an Land, denn op See spoor ik am meisten un för de Beerdigung bruuk ik wull ok nix antospoorn, denn över de Reeling in´t groote Water is sekerlich umsünst.

Also, wer schippt mit mi in?

Oder doch leever Grund ünner de Fööt?

Roode Footnagels

Man kummt jo nich jümmers so, as man morgens ut Huus geiht, ok wedder torüch. Dorüm is dat wichtig, dat du nich bloots vun baven bet neern in de Reeg büst, ok reine Ünnerbüxen un alln´s wat dor sunst noch to hört wie Seep, Water un ´n beten Psch-Psch-Deo hören an di ran. Un reine Fööt samt Footnagels hören dorto.

Wenn dat nich alln´s so ist, denn kannst gau maal anners instuft warrn. So güng dat letzt nämlich mien Vetter Holger.

Holger is en Naturtalent un speelt so nebenbi avends noch Theoter. He harr en Fruunsrull as Suleika to spelen.

För düsse Rull harr he sik schmuck torecht makt mit Prüük, Lippenstift, kräftiget Busenhaltegeschirr mit en Dutt oole Socken dor bin un natüürlich rot lackeerte Footnagels.

An annern Morgen wull he no´t Duschen noch gau de rode Lack afmaken, aver Ute – sien Fru – harr keen Nagellackentferner in´t Huus.

„Wat Schiet", dach Holger sick, „ik nehm dat hüüt ut de Stadt mit. Ik heff jo Strümp an".

Nu weer dat jo wull hüüt nich so recht sien Dag, denn bi de Arbeit full he vun´t Gerüst un mit de Rüch so unglücklich op´n Hauklotz, dat he keen Luft mehr kreeg un ok nich schnacken kunn.

Sien Hiwies harr´n beten Sorg um em, legten em op en dicke un weeke Kokosmatt un alarmeerten de Krankenwaag.

As de denn ankeem, meente de Dokter: „Minsch Jung, dor

hest du aver düchtig Glück hatt, dat du nich op de Hauklotz fullen büst. Dat harr bös utgohn kunnt!“

Se suusten denn jo af mit em no´t Krankenhuus un as se em denn för de Röhr fertigmakten um to sehen, ob he sik ok nix broken harr, troken se em jo ok de Strümp ut.

De Dokter keek Holger över sien Brill an un meente: „Oh, ´n Schwuchtel!“

Holger kunn jümmers noch nich schnacken un vun de Pritsch springen kunn he ok nich. He kunn man bloots ´n beten de Fuust ballen un gräsig kieken.

To´n Glück harr he sik nix broken un keem op de Station.

Dor besöchte em sien Chefin un se sett sik bi em an´t Bett. In de eene Hand harr se sien Arbeitsschoh un mit de anner Hand heel se Holgis Hand. Se harr sik so´n beten verkeeken in Holgi. Jo, harr se sik villicht so´n beten in em verknallt?

Uns Holgi keem denn jo so sachte wedder to sick, strampelte so´n beten, wobi de Bettdeck to Siet rutschte un Holgi sien knallroden Tööns to sehn weern.

De leeve Fru kreeg grote Ogen, keek Holger an un meente denn: „Holgi, sag´ dass das nicht wahr is – bitte nicht!?“

Bi dat stunn Ute in de Döör un bevör Holger nu wat antwurten kunn, meent Ute schlagfertig un mit´n super Reaktschoon, wobi se denn op dat Bett togüng: „Es musste ja mal ´rauskommen, Holger. Ich kann ja nicht immer dein Alibi sein!“

Holgi´s Chefin full´n meist de Stevel ut de Hand un buuten weer se, mit Traans in de Ogen.

Se leet sik denn ok bald versetten.

Statt Blomen bröchte Ute Nagellackentferner an´t Bett un makte dormit „Holgi Schwuchtel“ wedder to´n handfasten Keerl.

Wie weer dat noch?

Vun wegen, mit tonehm´ Öller ward alln´s weniger. Dat stimmt överhaupt nich!

Stell di maal vör´n Speegel un kiek di vun baven bit neern an.

Joo, de Hoor warrn weniger oder dünner. Dorför warrn de Ohren grödder, de Tähn fallen so na un na ut, dat Gedächtnis lett na, aver dorför ward de Mors dicker un de Fööt breeder.

Also, dat is doch immerhen en Utgliek.

Harr ik nich in junge Johren so veel schmökt un weer nich so oft op de Swutsch ween, denn harr ik ok noch so schööne glatte Huut as mien jüngere Schwester, de fast 5 Johr öller is as ik.

Dat man schon maal wat in´n Tüdel krieggt, dat is doch normaal. Dat dörf man ok schon maal.

Ik weer to Stadt un harr mien Handy mitnahmen. Ik tövte op´n Anroop vun en Bekannte. Wi wullen uns so gegen Klock twee drapen.

Um Klock dree harr ik jümmers noch keen Anroop. Nu probeerte ik dat maal. Ne, dor dee sik överhaupt nix, rein gor nix. De Technik – un dat Handy erst recht – is mi en Tick to hoch.

Ah jo, dat passt good. De Telekomladen op de anner Stratensiet keem mi jüst to pass. Dat weer mien Rettung.

Ik leggte mien Handy op´n Disch, um dat maal överpröven to laten.

„Wo haben sie denn ihr Handy?" Nett weer se jo.

„Na, hier!" Ik wieste op mien Telefon, de ik op de Disch leggt harr.

„Aber nein! Das is kein Handy, das is ein schnurloses Telefon … und ihr Handy?"

„Jo, dat liggt denn jo woll bi´t Huus op Station."

Wat schasst dor noch to seggen? Nix! Vertan, liebe Inge!

Manchmaal wüllt de Ohren jo ok nich mehr so richtig. So passeerte dat ok mien Vetter Holger.

He süsselte morgens op´n Hoffplatz herum. Dor kummt dor en witte VW-Bus vörfohrt un twee junge Mannslüüd stiegen ut.

De Eene seeg´n beten merkwürdig ut. He harr en feine witte Kittel an mit mehr Taschen as he Hoor op de Kopp harr, en grode Aktentasch in de Hand un he brabbelte ohne Punkt un Komma. De jungen Lüüd schnacken jo ok nich mehr so oft, se simsen jo bloots noch.

Jedenfalls kreeg Holger nich so richtig alln´s mit.

„Hier müssen sie unterschreiben."

„Wat? Ünnerschrieven? Woto?!"

„Wir kommen von Eo.. und Han … aus Schle …" und blub, blub, bla, bla.

„Nix dor ünnerschrieven", ünnerbrickt Holger em, „ik kenn keen Egon Hansen ut Schleswig!"

Ruutstellt hett sik denn, dat de Beiden vun de Eon Hanse, ehemaals Schleswag kemen.

So kann dat denn passeern.

Un denn de Football-WM.

Jede Tweete fahrte mit de Düütschlandfahn an´t Auto dörch de Gegend. En poor enkelte sieht man nu ok noch.

Nüülich fraagte ik maal Een: „Worum fahrst du denn noch jümmers mit de Fahn spazeeren? Büst du so stolt dorop, en Düütsche to ween?"

„Nee, dat jüst nicht, aver de Orienteerung lett so´n beten na. Ik kann mit de Fahn in´t Parkhuus mien Auto beter wedderfinnnen."

Ganz schöön plietsch, wa?

Un wer schlecht kieken kann, bi de is de Tastsinn besonners stark utprägt. Dat is bi mi de Fall. Mien Mann funn dat jümmers ganz schöön.

Angst vör´t Öllerwarrn?

Nee, worum? Jedet Öller is schöön un dat gifft nuch Ersatzdeele. Hoor, Brill, Hörgerät un Tähn. Dat is jo schon fast´n neehe Kopp!

Wat is Sport?

Wenn ik Sport segg, woran denkst du toeerst?
Dat heff ik mi dacht. Natüürlich an Football. Dat gifft aver veele, veele Sportorten, de veel interessanter, intensiver sünd.

Football is jo ganz good un schöön, aver dat en hele Horde een Ball achterransuust un versöcht, dat Ding ohn Wenn un Aber, ohn Rücksicht op de Mitspeeler – de dat dörch Footstellen oder en Knuff in de Siet oder sunstwo hen, mitünner ruppich bet an de Schmerzgrenz – in dat Tor to manövreern.

Oh Mann nee, dat schall Sport sien? Un dat ward ok noch hoch betahlt.

De Boxsport, dat seh ik jo noch in, Oog um Oog. Jedereen kämpft för sik sülvst, wenn ok ruuch un mitünner mit blaue Ogen.

Wer kennt sik in Peerdesport ut? Kuum Een; schaad. Dat is Sport, dat is Können. Wat stickt dor för Arbeit, Tierleev un Gedüer bin. De Harmonie, dat Vertruun twüschen Rieder un Peerd.

Wie flexibel mutt dat Peerd ween, denn Rieder is nich glieks Rieder. Jedereen hett en anner Oort un Temperament mit Peerde umtogahn. Hochachtung!

Ebenso mutt ik jümmers wedder Hundeföhrer bewunnern, wenn dörch Blickkontakt oder bloots dörch Handteeken alln´s funktioneert.

Anfungen bi de Blindenhund, över Suchhund, Schutzhund bet tu´n Jagdhund. Jede Hund för sik bringt bi de notwendigen Utbildungen, Pröfungen un Arbeiden Hochleistung. Natüürlich is dor ok veel Tied un Geduld vun de Hundeföhrer nödig, denn bloots so kann man ok Erfolg hebben.

Wenn du denkst: „So, nu hest du dien Hund riep för de Pröfung!“, löppt an´n nächsten Dag överhaupt nix mehr.

So harr ik dat ok mit mien Toxa.

Se makte alln´s wat ik wull, bloots natte Fööt much se nich. Se weer, man kann dat so seggen, waterschu.

So kunn wi jo aver keen Pröfung bestahn.

Se schull mi jo en doode Aant ut Water holen, de ik dor rinschmeeten harr. Ik schickte mien Toxa mit „Apport!“ los.

Nix dor! Se wull sach, aver se waagte nich in´t Water un leep um de Kuhl herum.

De Aant dreev vör sik hen.

Nich in Gooden un nich mit Schimpen – dat is noch ringer – kunn mien fast pröfungsfertige Hund dorto bewegen.

„Jo, Inge! Nu laat di man wat infallen.“

Eenige Jagdkameroden harrn jo so veel un vör allen ok goode Ideen.

„Schmiet dien Hund man in de Kuhl!“

„Dat du de Geduld noch hest?! De Hund bruukt maal`n ornliche Jackvull! De is total verwöhnt!“

„Laat mi man mit mien Hund alleen! Mi fallt schon wat in“, heff ik denn antwurtet.

Prügeln un Gewalt, dat is denn dat Mittel, dat de meisten dorbi infallt. Villicht is deshalb de Welt so schlecht.

Ik packte mien Toxa in´t Auto un fahrte na Huus. Se kreeg eerstmaal wat to freten un denn gingen wi en halve Stünn spazeeren. Alln´s ganz in Roh.

Denn truck ik mien Badeantog an un fahrte mit Toxa torüch na de Kuhl, wo de Aant jümmers noch op Water dreev.

Ohne en Wurt to seggen, güng ik in de Kuhl, swumm na de Aant, duukte ünner, keem wedder hoch un reep: „Toxa, Hilfe! Hilfe!“

Un Toxa sprung mit en Karacho in´t Water un keem hen na mi.

Ik heff mi düchtig freit un löffte se. Wi sünd tosaamen torüchswummen, hebbt denn en Ogenblick an de Kant seeten un sünd denn noch eenmaal tosamen na de Aant swummen, de Toxa denn ohne besonneret Komando apporteert hett.

Ik stunk na Modder un harr Aantenflott in de Hoor un in´t Gesicht, weer aver im Moment de glücklichste Minsch op de Welt.

Veerteihn Daag later harrn wi denn unse Pröfung. Toxa makte alln´s wat se schull. De Pröfung weer bestahn. Een Johr later makte se mi nochmaal en groote Freid: Se schenkte uns fief Welpen.

So stell ik mi uk dat Arbeiden mit en Peerd vör. Enige Rieder sünd sach schon maal mit dat Peerd tosaamen över Hürden sprungen oder ok dörch´t Water gahn.

Geduld, Leev, Roh un Verständnis to dien Tier – dat bringt dann de Eenheit. Verstahn ohne Wurte, dat is exzellente Sport.

Wi wullen, aver kunnen nich

Dat gifft Momente in´t Leven, de vergitt man nie oder bloots ganz swor. Besunners schööne Belevnisse holen lang vör un man kann – wenn dat komische Ereignisse sünd – noch Johren dorna över de Saak högen.

De trurigen Momente oder Ereignisse, de besunners nadenklich maken, sitten besunners deep un du kannst se ok na lange Johren oft nich begriepen.

Irma un Egon makten maal wedder en Radtour un weern eegentlich all bald op de Rüchtour, denn de Heven sech böös na Regen ut.

Dat güng noch´n Stück langs des Hauptstraat vun Gudow na Böken un denn …, jo denn?

Denn hörten se en Stöhnen ut de Straatengroof. Se stegen vun´t Rad un güngen umsichtig de Graskant lang, um to sehn, wat dor denn los weer.

En lieset Stöhnen, Schnuben, en Wimmern weer ut dat hohe Gras to hören.

Wat is dat? Dor licht wat! Dor bewegt sik wat!

De Beiden keeken sik an, nickkoppen sik to: „Nu sünd wi fraagt!“

Dor, dor böömte sik en junge Hirschkoh op un sackte wedder in sik tosamen. De weer – so kunn man an de Verletzungen sehn – anfahrt un denn liggen laten wurrn.

Wat gifft dat bloots för Minschen!?

To´n Glück gifft dat jo Handy un de Beiden harrn en dorbi. Se repen de Schandarm in Böken an. Se mellen de Standort un dann hebbt se tövt un tövt. Dat weer all langs anfungen to regen un se wurrn kladdernatt, aver wiet un breet nix to sehn un to hörn vun de Helpers.

Na eenige Telefonate mit de Dochter, mit Frünnen un mit de Schandamerie in Böken, de de toständige Jagdpächter anropen harr, keem denn endlich langsaam en Auto mit dree Jägers anfahrt.

Se hebbt dat arme Tier – dat ganz un gor erschöpft weer – denn endlich erlöst un en Fangschuss sett, mit de se dat Tier vun sien Qualen erlösten.

Is aver, wenn de Tod denn dor west is, alln´s vörbi?

Nee, noch lang nich! Nu kaamen Fragen över Fragen.

Wer hett dat Tier anfahrt?

Wann weer dat?

Wie lang muss dat arme Tier sik quälen un de Wehdaag utholen?

Wat weer wull alln´s broken?

Harr dat Tier villicht ok innere Verletzungen?

Wat weer wurrn, wenn Irma un Egon nich tofällig an de Stell vörbikamen weern?

Fohrten se überhaupt rein tofällig an de Stell vörbi or wurrn se vun en annere Macht dor vörbischickt? Un wenn dat so ween is, passeerte dat villicht, wiel de Beiden nich bloots to Minschen good un stets fründlich, hilfsbereit un umsichtig sünd, sonnern Tieren ok – jo, Tiere sünd ok Levwesen un föhlen wie de Minschen Leev un Wehdaag – gern hebbt. Se kunnen dörch dat Heranropen vun de Jäger hölpen, dat Leiden to verkörten. Se sünd ok nich eenfach na dat Telefonat wieder in Richtung Böken fohrt, sonnern se kunn'n dat Tier nich so alleen in´t Lieden lingen laten.

Nich uttodenken, wi lang dat Tier ohn de Beiden harr lieden musst un sik to Tode quält harr.

Un de Autofohrer, de Verursaker?

Wer is dat? Wo is he affbleven?

Wat is dat eegentlich för´n Minsch?

Bi de sworen Verletzungen kann keeneen seggen, dat he dat nich markt hett.

Sowatt mokt uns nich bloots trurig un nadenklich, dat mokt uns ok grantig. En Minsch ohn Geweten, ohn Hart.

Harr he wat to verbargen, weer he villicht besapen, harr he keen Föhrerschien oder harr he dat bloots hild?

Man schall jo keeneen wat Schlechtet wünschen, aver du Autofohrer, wenn di dat maal schlecht geiht, dann schall di de dore Ogenblick, in de du die dorvunn makt hest, dörch de Kopp gahn. Villicht büst du denn jo in de Laag, ok maal wat to beduurn. Wedder good maken kannst du dat sowieso nich.

Jedeen vun uns kann maal dat Mallör hebben. Aver eerste Hölp is jo wull sülvstverständlich bi Minsch un bi Tier.

Acht maal ob Minschen, de nich good to Tiern sünd, de keen Tiern lieden könen. De sünd meisttiets ok schlecht to Minschen.

Nadem de Hirschkoh denn aftransporteert wurrn weer, fohrten Irma un Egon nadenklich, trurig un natt bet op de Huut na Huus. Aver se weern ok tofreden, dat se so en böset Geschehn dörch ehr Hölp gauer beenden kunnen.

„Wi wullen, aver wi kunnen nich gauer hölpen“, weern ehr Wurte.

Danke jüm Beiden!

Dat Finanzamt un de Stüürn

Ik fohrte no't Finanzamt un wull dor mien Mitgliedschaft künnigen – opgeven.

Dat harr ik mi jedenfalls so dacht, denn ik bün en Rentnerin un ik meen, ik heff während mien lange Arbeitstiet nuch Stüürn betahlt.

Bie't Töven op de Floor keem ik gau mit'n poor Lüüd in Schnack. Ünner annern dreep ik ok Kuddl un Johann – beides Buurn ut'n Naversdörp. De Beiden harrn sik all so richtig in Raasch sabbelt.

„De Beamten hier binnen war ik mi glieks maal vörknöpen!"

„Mit mi nich! Meist de ganze Verdeenst geiht an Stüürn futsch! Muss bloots noch jümmers berappen un noch maal berappen! Stüürn hier un Stüürn dor! Schluss nu dormit!!"

Forsch reet he de Döör op un binnen weer he.

Dat weer man böös ruhig op de Floor un ok in't Kontor. Man kunn nix hörn.

So wat na 10 Minuten keem Johann denn jo wedder ruut. Avers he weer nich mehr de, de vör 10 Minuten rin gahn weer.

Nakelt, splitternakelt stunn Johann op de Floor un keek Kudl un mi bedeppert an.

„Wat nu!? Wat hebbt se denn mit di makt?"

„Mien Stüürschulden. All'ns hebbt se mi nahmen. Bit op dat letzte Hemd hebbt se mi plünnert!" De Traans stunnen em in de Ogen.

„Weet's wat", seggt Kuddl, „de schölt wat beleven. Ik schiet se an, denn ik treck mi hier in de Floor schon ut. Dat schall mi nich passeeren. Tööv man op mi un pass man 'n beten op mien Tüüch op!"

Dat weern man sach bloots so fief Minuten, dor güng de Döör wedder op un Kuddl keem ruutstolpert op de Floor.

Sien Ogen weern verbunnen un he weer rundrum un vun baven bet nerrrn dichtplastert.

„Wat is denn nu los!? Wat is denn bloots mit di passert?"

„Hol bloots op! Stüürschulden, nix as Stüürschulden! Mi hebbt se dat Licht utdreiht, dat Water affstellt ... un de Gasleitung hebbt se mi ok noch affdreiht ...!"

Na, denn keem ik jo an de Reeg. Ik weer meist 'n beten bang un ik trook mi de Reißverschluss vun mien Jack bet an't Kinn hoch, klemmte mi de Tasch fast ünner de Arm un güng in't Büro. Oha, oha, wat mi wull bevörstunn!?

Over so, as ik rin ging, keem ik na knapp fief Minuten ok wedder ruut.

Mien Mitgliedschaft kreeg ik nicht künnigt, sunnern se verpassten mi dorför en levenslange Abo mit vierteljährliche Intochermächtigung – Stüürvörutbetahlung.

So is dat nu maal: Bevör ik noch 'n lüttet Taschengeld nabehool, hebbt de Annern sik schon dat meiste vun mien Rente deelt.

Weer ik doch bloots in de Politik gahn, denn de Diäten stiegen so gau, dat de Finanzbeamten gor nich so gau achteran kamen könt un wat se di nich nehmen könt, dat kannst denn behoolen un utkleien; ganz alleen.

Frieheit

As Baby, jo genau, as Baby wull ik schon jümmers de Frieheit un mien Sülvständigkeit. Dat hebbt se mi jedenfalls jümmers vertellt.

De Enge in de Kinnerwaag bröchte mi dörch dat Hen- un Herwippen – dat harr ik ganz gau ruut – so dull in Unwucht, dat he umkippte un ik denn op all Veern losroppen kunn.

Meist keem ik aver nich wiet, denn de Grooten fungen mi jümmer wedder in un ik keem denn bald in ein neehet un anneret Gefängnis – en Loopgitter. Dat weer jo all meist en lütte Wahnung. En poor Kissen un en Wulldeck in de eene Eck, de Nachputt in de annere. Dor seet ik denn ok mitünner maal so 'n poor Stünnen, bün ok maal innickt un umfullen.

To Spelen harr ik en poor Billerbööker mit anknaulte Ecken un twüschen twee Gitterstäbe weern op so en lütte Stang söven bunte Kugeln.

Keem jüst maal Een vörbi un harr en beten Tiet för mi, denn güng dat jo los:

„Inge – pass op! …
Een, twee, dree, veer, fief, süss, söven,
unse Katt hett Kellings kreegen.
Dree weern witt,
dree weern schwatt,
een weer 'n ganz verdüvelte Katt!
Un nu du!“

Jo, so kunn ik denn op Plattdüütsch bet Söven telln, bevör ik to School keem.

Wenn mien Papa ut Holt oder vun't Feld keem, keek he erstmaal na mi. „Laat doch dat arme Kind maal ut dat dore Loopgitter ruut!"

Huuh, Frieheit!

Inge op de Loop. Op'n Buurrnhoff gifft dat veel to sehn un to eten.

Ik stook Regenwürmer, Höhnerschiet un wat mi sunst noch över de Weg leep, in de Mun. Aver meist weer mien Utflug nich so ganz lang, denn de Grooten fungen mi jümmers glieks wedder in. Ik keem denn in't Geschirr un wurr op de Rasen an de Appelboom mit en fief Meter lange Looplien anbunnen.

Dor harr ik denn schon maal wat to doon un ok Ünnerholung, denn de Göös knaulten mi de Finger an un de Hunneschlicktmi de Mund rein.

Keeneen harr Tiet för mi. Wer mi ok mitnehm, all flockten se mi an. Ok mien grote Schwester. Wenn ik denn aver maal mien Frieheit harr, leep ik to Holt oder seet an de Husumer Au un fung Stichlinge. Wat'n Spaaß.

Op de Röven- oder Kantüffelacker harrn se mi an't Ackerwaagenrad antüdert. Bloots to de Mahltieten keem ik los.

Nu schull ik jo to School. Lust? Överhaupt nich en beten! Dat eerste Johr bröchte mien Mudder mi de veer Kilometers op Fohrrad henn un leverte mi bi de Lehrerin af.

Aflevern? Worum? Alleen keem ik nich an. Dat geev so veel to kieken un to probeern.

In de Schoolpausen haute ik wedder af un fohrte mit de Melkwaag torüch. Ik verstook mi twüschen de Melkkannen.

Ik harr eenfach keen Lust, in de Schoolklass ruhig to sitten un bloots to schnacken, wenn ik fraagt wurr. De meisten Kinner schnackten sowieso utlännisch – Hochdüütsch.

Wedder wurr ik denn in de Pausen an de Schoolbank anbunden, dormit ik nich afhauen kunn.

Man, wat harr ik en Frieheitsdrang! Alleen los, ohne Opsicht. Kieken, entdecken, wat utprobeeren, nich anbunnen oder insparrt sien.

Dat stell man sik hüüt maal vör. Mien Öllern un de Lehrer keem komplett achter Schlott un Riegel. De würrn johrenlang wegen Kindesmisshandlung insparrt warrn.

Mi würr man ganz seker en seelische Knacks un en Dachschaden anschnacken un dorvun utgahn, dat ik meist kriminell wurrn bün.

Mien hütige Instellung un Gedanken dortu? Good hebbt jüm dat mokt, mien Öllern un de Lehrers. Richtig, dat jüm mi kort holen hebbt. Wat weer sunst bloots ut mi wurrn? Jüm hebbt mi ohn' de ganzen psychologischen Kraam hennkregen.

Mien Frieheit geneet ik jetzt, … nu … und deenk gern oft

an mien Kindheit torüch. En schööne Kindheit is de beste Grundstock för't ganze Leven.

Un wat is Wiehnachten för di?

„Wenn doch bloots Wiehnachten vörbi weer un da neehe Johr anfangt un de Daag wedder heller warrn“, seggt de Eene.

„Wat schöön, dat bald Wiehnachten is, dat de ganze Familie maal wedder tosamen kümmt, Wiehnachtsleeder sungen, Gedichte vun de Kinner opseggt un de Wiehnachtsgeschicht vörleest ward. Dat schööne Eten un dat Utpacken vun de Geschenke, de lüchtenden Kinnerogen, dat is dat schöönste Fest vun't ganze Johr“, meent de Annere.

„Wiehnachten, dat is en düüre Monat“, meen en junge Mudder. „Dat Inkaamen is gering, de Kinner wassen ran, wassen ut't Tüüch. Denn de hohe Miete, Heizkosten un Benzin. Alln's ward düürer. Un denn möt ok noch Geschenke för dat Fest köfft warrn. Ik weet nich, wie ik dat moken schall. Aver de Kinner töövt doch op de Wiehnachtsmann!“ De Traans steegen ehr in de Ogen.

Jetzt dreep ik en junge Deern. „Ik kann de Tiet kuum noch aftöven. Ik töv fix op Hilligavend. Weet's worüm? To Geburtsdag heff ik mien Föhrerschien kreegen un jetzt to Wiehnachten krieg ik en Auto vun mien Öllern. Is dat nich toll?“

Jo, dat is schöön, aver mien Gedanken sünd bi de junge Mudder, de nich wuss, wie se dat Eene oder Annere betahlen schull.

Wat is Wiehnachten denn nu? Fest der Geschenke? Fest för Freid, Not, Leed?

Nee, Wiehnachten is doch wull dat Fest vun de Leevde,

Besinnung. Sünd veele un vör allen düüre Geschenke nödig?

Langt dat nich, wenn de Familie an Hilligavend ünnern Dannenboom tosamen sitt oder wenn man to Kark geiht un sik de besinnliche, fieerliche Stimmung infangt un mit na Huus nimmt? Nich trurig is, wenn man alleen is, sunnern dankbaar ween kann, wenn man ut fröhere Tieten schööne Erinnerungen hett, de glücklich un tofreeden moken.

Jo, so kann Wiehnachten ok schöön sien. Ohne grootartige un düüre Geschenke uttopacken. Wiehnachten schull wedder dat Fest der Leevde warrn.

Kunnen wi to Wiehnachten en Wuschzeddel afgeven, denn wurrn wie sach all as eerstes Gesundheit un Tofreedenheit wünschen.

Dat sünd aver Geschenke, de man nich kopen un nich betahlen kann. Dorüm mutt man bitten un beden.

Wat ik noch seggen wull

Wo du ok büst, överall jaulen de Lüüd rüm, dat se keen Geld hebbt. Alln's ward düürer!

Löpst du aver an't Reisebüro vörbi – vull! All de Stöhle besett, wie bi de Dokters in de Spreckstünn.

Ik stunn bi de Ingang vun't Reisebüro un töfte op mien Fründin. Dor keem en annere Bekannte vun mi mit en Handvull Kataloge herut.

„Man weiß gar nicht, für welches Land man sich entscheiden soll. Safari in Kenia, Tauchen auf den Malediven, Wandern bei La Palma oder Badeurlaub auf Gran Canaria! Billig ist das ja alles nicht, aber auf Urlaub können wir nicht verzichten. Urlaub muss sein! .... Weißt du denn schon, wo du hinwillst?"

„Jo!"

„Ja? Wohin fliegst du denn?"

„Ik? Ik fohr mit Fohrrad na Lüttmoorsiel un denn to Foot dörch dat Watt. Wattwannern na Nordstrandischmoor. Oh, wenn du denn mit de Rucksack op de Nack na veer Kilometer ankumst, kannst' en Pharisäer un en Schinkenbrot vertehrn. Denn noch en lütte Stunn op de Rüch in't Gras un denn wedder langsam torüch. Eenfach herrlich! Dat mokt denn en poor Euro an de Dag. Dat is Urlaub!"

Se griente mi an.

„Hast du denn kein Fernweh?"

„Doch, dat heff ik ok. Wenn ik mit mien Kleiföót ut Watt kaam, wünsch ik mi in mien Dusche to Huus. Aver mien Tohuus is denn noch 20 Kilometers wiet weg – und fern!"

„Inge, du hättest beim Aida-Infoabend dabei sein sollen. Dieser Luxus! Das Schiff bietet alles und nur vom Feinsten. Der Preis? Tja, billig ist das ja gerade nicht, aber eine Woche, das wäre machbar! Mein Mann braucht ja nicht so viele Klamotten. Schwarze Hose, ein paar weiße Hemden für den Abend, Sakko und fertig. Ich müsste allerdings noch einiges an Hosen, Blusen, Pullover und – wie an dem Infoabend vorgeschlagen – das immer wieder auffallend elegante ´kleine Schwarze´ kaufen. Na, steigt bei dir das Reisefieber? Eine Woche Luxus pur – Verwöhnurlaub?"

„Leider nee! Dat kann nix warrn!"

„Hast du das Geld nicht?"

Nu harr se meist en beten Mitleed mit mi.

„Och, dat kunn ik villicht mit'n beten Möh tosamenkleien. Aver dat Problem is dat „lütte Schwatte"!

„Das kleine Schwarze?"

„Hmm, wie kaam ik – ik bün jo nu nich jüst so schmaal – in dat lütte Schwatte? Ik bruuk dat groote un breede Schwatte, un dat ward to düür.!

Over tööv maal! Bliev noch maal stahn! Wat ik noch seggen wull: Schleswig-Holsteen twüschen Nord- un Ostsee, unse Nordfreesland is so schöön. Veel schööner as Fleegen un as Urlaub mit dat lütte Schwatte op dien Luxusliner. Un de frische un gesunde Nordseeluft bi uns un dat Luftholen kosten **noch** nix!"

Unse Huustiern

Is dat nich schöön, dat in de School wedder platt snackt ward? Sogaar plattdüütsche Ünnerricht gifft dat wedder un so schulln de Lütten denn as Huusopgav en Opsatz över Huustiern schrieven.

An annern Vörmiddag wurr denn je luut vörleest. De Lehrerin stunn achter Peter un keek em över de Schuller.

„Na, denn man to, mien Jung“, sä se.

„Jo, wi hebbt to Huus twee Huustiern. En Rüde un en Rüdin. Vun vörn un achtern süht man keen Ünnerscheed, bloots vun neern.

De Rüdin hett en flache Buuk un de Rüde hett an de Buuk en Pimmmmel.“

„Dat hest du aver fein vörleest, Peter. Aver segg mi maal, worum hest du Pimmel mit veer m's schreeven?“

„Hmm“, meent dor Peter. „Ik heff mi all dacht, dat dat verkehrt is. Aver dor hett mien Mudder Schuld an. Ik heff ehr fraagt, ob man dat mit een oder twee m schrieven deit. Un se hett denn seggt, dat schull ik man ruhig mit veer m schrieven, denn he kann gor nich lang nuch ween!“

Mit'n hochroode Kopp wend sik de Lehrerin denn an Anna: „Un du Anna? Wat hest du denn schreeven? Les man maal vör!“

Un Anna leggt dann jo ok los: „Wi hebbt en ganze Stall vull Kanninken. Letzten Sünndag weern wi dormit sogaar tu Utstellung in Husum in de Messehall. Mien Vadder kreeg de eerste Pries mit en Urkunn un en Orden um de Hals. He is de beste Rammler vun Schlesig-Holsteen!“

„So, nun aver du, Max! Lees maal vör, wat du över dien Huustiern schreven hest.“

De Lehrerin keek na Max röver un sä denn: „Du hest je noch nich veel op dien Popier stahn!“

„Nee, wat schall ik ok schrieven? Wi hebbt keen Huustiern. Denn kann dor bloots een Satz stahn, nämlich: Mien Mudder is vegetarisch un dorüm krieg ik ok keen Katt!“

Wiehnachtswünsche

Ik wünsch di to Wiehnachtstiet innere Tofreedenheit un dat bi di Tohuus bloots Freeden herrscht un veel Roh, dat de Minschen gesund, froh un frie vun Traans sünd.

Ik wünsch di to Wiehnachtstiet, dat Freid so manchet Weh övertöönt, dat dat Glück di jümmers truu blifft un all dien Sorgen ut dien Hart drifft, dat de Leevde jümmers stark nuch is un Toleranz de Hass bekämpfen deit.

Ik wünsch di to Wiehnachtstiet, dat de Steernenheven op di schient un dat op düsse schööne Welt nich bloots dat Geld tellt. Dat riekli Tiet vör di sülvst un dien Mitminschen blifft.

Denn, jo, denn is wohrhaftig Wiehnachtstiet.

Wat is wohre Schöönheit?

Eenes Dags stunn en junge Fru an de Strand und erklärte, dat se de schöönste Fru vun de Insel weer.

En groote Minschenoploop bewunnerte ehr Schöönheit. Jo, all geven se ehr Recht, se weer wohrhaftig schöön. Se juchte vör Freid: „Ik bün de Schöönste vun jem!“

Miteens stunn en ole Fru vör de Mischenmenge un sä: „Jo, du büst schöön, aver ik bün better as du!“

De velen Lüüt un de junge Fru schüttelten verbaast de Köpp. Wie kann se bloots so wat seggen!?

De junge Fru keek de ole Fru an un lachte dann: „Du makst woll Witze! Du wullt di mit mi verglieken? Ik bün jung un schöön un du büst old un faltig!“

„Jo“, so de ole Fru, „du hest en schöön't Gesicht un ok dien Figur kann sik sehen laten. Aver ik wull liekers nich mit di tuschen. Jede Falt, jede Narv, jede Runzel, mien afarbeitete Hannen un mien krumme Rüch steiht für en Minsch, de ik mien Leev geven heff. Ik heff arme un kranke Minschen en Stück vun mi geven.

Oftins geven se mi en Stück vun ehr Leven torüch, dat bi mi in en leere Stell rinpasst. Wenn ik dorbi ok ruche Kanten kregen heff, acht ik doch de Leev, de man delen deiht.

Af un an heff ik ok hulpen, kreech aver bloots en Foottritt torüch. Dat gifft dann depe Furchen. Leev geven is mennichmaal Risiko. Wenn dat denn Furchen gifft, erinnern se doch an Leev, de ik för de Minschen föhl un ik hoff, dat se irgendwann wedder op mi togahn.

Erkennst du nu, wat wohre Schöönheit is?"

De junge Schööne stunn still un stief dor, Traans lepen ehr över dat Gesicht. Se güng op de ole Fru to, greep na de zittrigen un faltigen Hannen, leggte de Kopp an de krumme Schuller un spörte de Leev vun de ole Fru in ehr Körper, in ehr Hannen un sä ganz liesen: Recht hest du. Schöönheit vergeiht rasch wedder, aver de Leev kummt vun deep, deep ut dat Hart."

Se umarmten sik un güngen gemeensam Arm in Arm weg.

Schrecksekunn

Ik warr mehr vun achtern as vun vörn knipst. Dat is doch nicht normaal, oder?

Is dat ok nicht!

Egentlich wiest du di jo vun vörn un stellst di fein in Positschon. Aver bi mi …., dor steiht keen een un seggt mi: „Bitte lächeln …!“ Nee, keen is to sehn!

Ik bün ganz alleen un summ so de Leeder mit, de ut Radio vun unse Welle Nord to hörn sünd … un denn keem se …, de Schrecksekunn! Pling – Blitzlicht!!

Dat Singen is mi vergahn! Gau noch en Blick op't Tacho. Mist, statt 50 bün ik 75 fohrt! De sullen lever Jagd op de Banditen maken, as uns harmlosen Autofohrers mit so'n Blitzampel bang to maken un to belästigen!

Hest' maal op achtet? Eenerlei, wo du ok fohrst, 30, 50, 70, wedder 30, Överholverbot, hier en anner Schild, dor wedder en Tafel, de du gaar nich so gau lesen kannst, maal links, maal rechts! Op de Verkehr kannst di gaar nich konzentreern.

Annerletzt keem ik vun Flensburg. Ik harr dat gaar nich maal so hild. Nee, ik fohrte ganz entspannt un freute mi, dat ik so'n feine Dag hat harr. Och, dach ik so bi mi, kickst noch maal in de Stöberstall in Wanderup bi Ella, Bruno un Ute rin, drinkst en Tass Kaffee un gönnst di noch'n Stück „hmmm..“ Cremeschnitt – Ella's Spezialität.

Op de Rückweg, kort achter Wanderup – Bltzlicht! In de Nacht, denn dat weer all meist düster! Wat schall dat denn nu? Ik fohrte egenlich nich gau. Och, laat schiet!

Hooslund, meern in't Dörp – Blitzlicht! Dammi noch maal, so schöön bün ik doch nu ok nich, dat ik jümmers knipst warrn mutt.

So, nu noch gau in Viöl de Dischdecken affhalen un denn af na Huus.

Eben ruut ut' Dörp, alle goden Dinge sünd dree. Noch'n Foto!

Dree Biller, dree Bußgelder op een Dag. Wer hölt dor mit lang?

De ganze Spaaß hett mi en Verwarnung un twee Bußgelder kost.

Dat letzte Foto is so schöön wurrn, so schöön, dat man dat an de Wand hangen kunn.

Mien Hund seet neben mi op de Bifohrersitz.

„Sie wissen, dass es verboten ist, Hunde auf dem Vordersitz zu transportieren, daher ein zusätzliches Bußgeld.. bla... bla ..!"

Dor heff ik natüürlich Inspruch inleggt:

„Mien Veerbeener weer ordnungsgemäß anschnallt. De seet neben mi. De an't Stüür, dat weer ik! Aver danke für dat schööne Foto!

PS: Bitte, keene wiederen Biller toschicken, denn mien Album is vull!

Mit fründlichen Gröten..."

Mien Venka

Wer mi kennt, de kennt ..., de kannte ok Venka.
Venka, mien Jagdhündin ....; wat heet hier Jagdhündin!? Venka weer keen normaale Hund. Nee, Venka weer en Persönlichkeit, se weer mien Schatten, mien Kind, mien true Begleiter.

Wi makten allns tosamen; wi weern een Einheit.

Manch en meente: „Dor kamen de Zwillinge!"

En Richter bi de Jagdhundprüfung keek uns an un sä: „Jem ähneln sik. Man kann seh´n, jem hört tosamen."

Jo, so weer dat. Venka geev mi so veel Leevde un Toneigung. Wi verstunn uns ohn Wöör.

Wenn se mi ankeek, wuss ik, wat se mi seggen wull. Af un an seet se mit ehr 25 Kilo op mien Schoot un leggte ehr Kopp an mien. Dat weer, wenn ik maal trurig weer oder mi de Traans daallepen.

Se geev mi dörch ehr Leev wedder Moot un Kraft.

In ehr junge Johren weer se recht lebhaft, wild un af un an güng dat Temperament mit ehr dörch.

Se leep nich, nee, se suste mit torüchleggte Ohrn över de Koppeln, seet ok maal op de Disch oder güng to Bett, wenn ik nich to Huus weer.

Ehr Mudder Toxa weer reinweg mit ehr överfordert, denn se weer en ganz ruhige, sensible Hundemama. Se opferte sik för ehr Kind förmlich op.

Na Toxas Dood wurr Venka marklich ruhiger, anhänglicher. Wo ik weer, weer ok mien Venka. Ob in Deenst ünner de Schrievdisch, op Deenstreisen, op Empfänge, Inladungen, Lesungen oder Rasenmeihn, Venka leeg jümmers bi mi un tööfte mit Gedüür.

Ik leet ehr en Hundebett buun; se schull nich jümmers op de kolen Fliesen liggen. Mann, wat hett se sik dortu freit. Koppöver sprung se op de Leddermatratz mit Koppkissen.

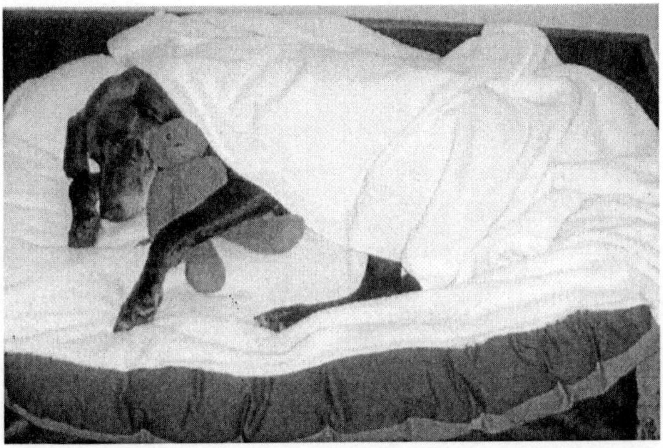

Ganz wichtig weern ehr witten Handdöker – bloots witte wurrn akzepteert, farbige flogen ruut.

Ehr Schlaapteddy harr se jümmers ünner ehrn Kopp oder twüschen de Vörderbeen. En Quark-Plüschaant keem to´n Insatz, wenn ik to lang telefoneerte. Se beet denn kort op de Aant un denn keem en „Quark – quark – quark!“

Dat hett denn so veel heeten as: „Hol man op to klönen, ik bün ok noch dor! Ik bruuk mien Utloop!“

Tominst twee Stünn'n op de Dag weern nödig. Dat geev jo so veel to snüffeln, kieken, hör´n, verstahn. Un wenn dat vör en Mullwarphupen weer. Gau maal in de Husumer Au kieken, ob Aanten oder Waterrotten to sehn oder to rüken weern. En utbildete Jagdhund hett eben jümmers wat to doon. Egaal, ob op Jagd oder in de Frietiet.

Nun geev dat aver noch maal en groote Schritt för uns beide: Ik verköffte mien Huus in Ohrstedt un wi trucken to Stadt na Husum.

Junge, wat heff ik mi freit, dat Venka dat so gut annahmen un verkraftet hett. Se bestimmte foorts, wo ehr Bett stahn schull.

Dörch ehr Kontaktfreudigkeit harr se foorts Fründschaft to unse Navers sloten. Se passte sik an allns an, freite sik över Besöök un Strakelinheiten.

Wi beide funnen gau neehe Spazeerwege. Alltogeern güng se na de automatische Döör in de Berufsschool un weer jümmer wedder verdutzt, dat de Döör vun alleen op güng.

Papier un Plastikaffall op unse Parkplatz oder op dat Grundstück bleev nich liggen; dat nehm se op un geev mi dat för en Leckerli ut de rechte Köökenschuflaad.

Se kennte alleen de Weg na unse Fründin Heidi, na Fru Dr. Runge, wo wi af un an Tabletten halen mussen un ok de na den Bäcker um de Eck.

Alleen sien much se överhaupt nich mehr, aver wer mach dat schon in´t Öller?!

Veele Frünnen boden sik an, bi ehr to blieven, wenn se maal nich mit mi kunn. All ehr veelen Hundesitter akzepteerte se un harr sik mit se anfrünndet.

Doch dann keem en gewisse Schwäche över se. Se kunn nich mehr so, as se wull. De Gelenke wurrn schwach, se knickte mitünner maal in. De Ogen weern nich mehr so blank un de

Ohrn kreegen nich mehr allns mit. Un denn keem ok noch de Diabetis. Wi mussen denn tweemaal op de Dag sprütten. De Tieten wuss se intwüschen ganz genau. Denn stunn se mit langstreckte Hals vör de Köhlschapp un keek hoch, wo de Sprütten weern.

13 Hundejohrn, dat sünd an de 90 Johren för uns Minschen.

Unse Spazeergänge wurrn körter, se sleep veel un deep. Ik köffte en Hundeanhänger für mien Fohrrad. Wat hett se sik dor binnen wohlföhlt – leider man bloots söss Weeken.

Dat Eten schmeckte nu ok nich mehr.

Mi wurr nu kloor, Afscheednehmen steiht an. Un so weer dat denn ok. Am 9. Juni 2008, teihn Daag vör ehr 13. Geburtsdag mussen wi uns för jümmers verafscheeden.

Leider is dat bi unse Hunde so: Wenn man sik aneenanner wöhnt un se in´t Hart sloten hett, mutt man sik wedder för jümmers trennen.

Ik heff mien Venka inäschern laten. De Urne wurr ganz fierli mit Verwandte un Frünnen in mien lütte Goorn vör mien Terrassendöör bisett.

Ehr Schlaapteddy sitt nu bi mi in de Stuuv. Ik nehm de oftins maal in de Arm. De is so schöön week un knuddeli as Venka dat weer. Dann kriech ik noch maal blanke Ogen.

Dat Quarken vun de Quietscheaant hör ik af un an maal an´t anner Enn vun´t Telefon, ut Kiel.

Mien lütje, leeve Venka! Danke för de schöönen 13 Johr mit di. Ik vermiss di so! Du fehlst mi!

Du weers nich mien Hund, du weers mi en Kind.

Glück

Glück is gor nich maal so selten. Dat kummt op di sülvst an, wi du dat Glück sühst oder wohrnimmst.

Glück is,

– wenn du morgens de Ogen wedder opmaken kannst, dien Lief spörst, ohne Wehdaag.

– dat du di alleen, ahn fremde Hölp versorgen kannst.

– dat du di an en lütte Bloom, de alleen an de Straatenkant steiht, an dat erste Grön an de Büsche un Bööm freien kannst.

– dat du dat Singen vun de Vagels wohrnehmen, de Kinner spelen sühst un lachen hörst.

– dat in dien Geldkniep jümmers noch en Notgrüschen binnen is und ok blifft.

Glück is,

– wenn du en Familie hest, de to di steiht.

– wenn du leeve Navers hest, de för di dor sünd, wenn du se maal brukst.

– wenn du goode Frünn hest, ob neeg bi oder wieder weg, mit de du allns delen kannst, Freid und ok maal Kummer.

Glück is veel mehr wert as Geld. Mit Geld kannst twors en Masse kopen, avers en Fründschaft kannst nich dormit betahlen, dor musst du al sülvst an arbeiten. Und wenn denn ut Sympathie Fründschaft ward, denn hest du dat groode Los – Glück – trucken, dat du denn ganz fast holen und plegen muss.

Jo, wenn du avends to Bett geihst, dank de leeve Gott för de schööne Dag und mit Glück ward morgen so as hüüt.

Büst du ok tofreden und glücklich?

En Engel to Wiehnachten

Dat Johr geiht to Enn, wedder is Dezember, wedder is Wiehnachten.

Wiehnachten ..., fröhliche Tiet? Stille Tiet? Wi all blicken op en Johr torüch, op en langet Johr. Wat hett sik in in en Johr, in twölf Monate allns daan? Dat weern för uns alle Höhn und Deepen mit veel Licht und Schatten.

Bi de en weer dat mehr positiv, bi de annere mehr negativ. Manche Freidentraans, so manche Truertraans kullerten de Wangen hendaal.

Anfangen deit dat mit de Geburt. Dann över Kinddööp, Inschoolung, Konfirmatschion und Instiegen in´t Berufsleven, Heirad, mennichmaal ok de Scheedung, uttrecken bi de Öllern, intrecken in en egen Wohnung bet hen to´n Ruhestand, ok twüschendörch maal mit Krankheit und denn an´t Enn – de Dood.

Dat Leven is en Geven und en Nehmen und so mööt wi dormit umgahn. Annehmen und afgeven ...- und wie?

Wenn denn de Wiehnachtstiet dor is, denn süht man besünners veele Engel. Engel tu´n Anfaten, tu´n Kopen. Engel lütt und groot, all mit Flünken.

De Engels, de geven uns Kraft, Moot. Wi schmücken de Gräber mit Dannentwiegen und setten Engel in de Meern as Dank.

Wi stellen uns Engel in´t Huus und in de Goorn as Symbol.

Nun aver is Wiehnachten. Nu nehm´ wi unse persönliche Engel in de Arm, lehnen uns an und seggen: „Schöön, dat dat di gifft, dat du jümmers för mi dor büst, för mi Tiet hest. Danke, mien Engel ahn Flünken. Wenn **du** aver nicht dor büst, denn sitt en Engel mit Flünken bi mi und passt op mi op."

Verschenk du di to Wiehnachten för en leeve, wertvulle Minsch, de di as Engel bruukt.

Du warst sehn, de Dankbaarkeit, dat Licht und de Wärme kummt veelfach in **di** torüch.

Ogen und Stimmen

De Ogen sünd to‘t Sehn, to´t Wohrnehmen dor. Se sünd en ganz wichtiget Sinnesorgan.

Sehn unse Ogen bloots bunte Biller oder schwatt-witt?

Mit dat, wat wi sehn, wohrnehmen – verännert sik ok unse Befinnen. Wi schnacken sotoseggen mit de Ogen.

Bi Freide, beste Gesundheit, is en Strohlen, en Blitzen wohrtonehmen.

Sünd wi aver krank, trurig oder enttäuscht, denn is dor en Utdruck vun Wehdaag. De Ogen füllen sik mit Traans; en gewisse Hölplosigkeit, Vertwieflung kummt tu´n Utdruck.

Wi Minschen hebben dat Glück, uns noch tosätzlich över de Spraak, unse Stimm, mitdelen to könen.

Bi de Tiern is dat anners.

Wenn ik an mien Hund denk, se harr ok en Stimm, aver se sprook mit mi över de Ogen.

Ik bruukte ehr bloots in de Ogen to kieken, denn wuss ik schon, wat se mi seggen wull. Ob se sik freite oder op se Hölp bruukte.

Und denn bi uns Minschen de Ogenkontakte. Man sieht mennichmaal en, kennt sik nich, aver man süht sik in de Ogen und dor is foorts Sympathie oder Afneigung. Und dat allns ohne en Wort.

Mennichmaal sühst du en Ogenpoor, twee fremde Ogen. En korte Blick in de Pupillen. Wat weer dat? Wat is dat? Villicht Levensglück ...? För jümmers oder bloots ...!?

Vörbi, verweiht ..., för jümmers?

Aver nun is Fröhjohr – Maimonat – de Welt ward wedder waken. Wi sehn dat erste Gröön an de Bööm, de bunten Blööm, de Helligkeit vun de Sunn.

De lütten Vagels – de kuum to sehn sünd – singen uns mit luute Stimm de schöönsten Melodien.

Hol Ogen und Ohrn op und sing eenfach mit.

Dat stunn in de Zeitung

Freit heff ik mi, jo, richtig freit, as in de Zeitung stunn, dat dat nu en Modenschau för de nich mehr so ganz jungen und ut de Form gahenden Fruuns geven schall.

In junge Johrs, dor kannst di meist en Sack överstülpen, de Frisur en beten torecht schütteln, lütt beten roode Strich över de Lippen und schon büst vörwiesbar.

Wenn man aver denn so över de 50 geiht, de eersten Furchen und Kreihenfööt sik bi di innisten, vun dat Dekoltee schon maal mit Schmuck, mit en Keed aflenkt warrn mutt und de Figur so langsaam Johr för Johr ut de Nähte platzt, denn, jo, denn steihst nich mehr bi de ehemaaligen Kleedergröten, nee, denn kannst di frein, maal en schöönet Stück to finnen.

Dat is jo tu´n Glück nich bi alle Fruuns so. Eenige hebbt noch mit achtig en Topfigur. Rank und schlank und sportlich. Dat Rezept dorför har ik geern maal för mi.

Wat hebbt jem Mannslüüd dat bloots good. De Hochtietsantog süht ok noch to de sülverne, oftins noch to de goldene Hochtiet good ut und is jümmers noch neutral und modern.

Wenn ok de Buuk en beten mehr wurrn is, keen Problem. In de Büchs kummt en Zwickel rinn, bi de Jack ward de Naaht ´n beten utlaten und denn passt dat wedder. Denn is allns in de Reeg.

Dat is wiss so as in de Vagelwelt. De Mannslüüd sünd vun Natur ut smucker. Wi Fruunslüüs hebbt dat nu eben maal sworer. Wi mött uns smücken.

Nu schall dat avers jo anners warrn.

Dat Modehuus C. J. Schmidt in Husum lett eerstmaals teihn Models, all schon över 45 Johr old, mit ganz ünnerscheedlichen Levensloop, ünnerscheedliche Grötten und Figuren över den Loopstieg lopen.

Doröver frei ik mi, denn nu heff ik ok Lust op en Modenschau.

Endlich maal nich bloots Mode för lange und schlanke junge Deerns und Bohnenstangen, nu gifft dat Mode för mi und ok sach för di.

Överigens, ik heff mi dat ankeeken. Dat weern en poor wunnerschööne Stunn.

Mien Hochachtung för all de Fruuns, de dor mitmakt hebbt.

Gesichtsmaske

Ik heff vun en goode Bekannte to Geburtsdag statt wie sünst jümmer Blööm en Gutschien kregen.

Se mente, ik schull man maal wat för mi und an mi maken laten und mi bi en Kosmetikerin en Verwöhnstunn gönnen.

„Meenst du, dat dat nödig is?", fraagte ik nadenkern.

„Du warst sehn und marken, du kummst as´n anner Minsch wedder ruut.

Na, so wiet, so good.

Ik halte mi en Termin und makte mi ahnungslos – dat weer mien eerste Besök bi en Kosmetikerin – op de Weg.

„Herzlich willkommen in unserem Salon!"

Ik geev mien Gutschien af und keem in en Ruum mit Döschen, Fläschchen, flauschige Handdöker, Düfte und luuschige Musik.

Nu seet ik dor und wuss vun nix wat.

„So, nun wollen wir erst einmal eine Typenbestimmung machen. Das heißt, wir werden prüfen, ob ihre Haut trocken, fettig, spröde oder ob sie eine Mischhaut haben, wie die Augen-Mundpartie aussieht."

Dann güng dat denn jo an´t Werk.

Ik kreeg en Stirnband um de Kopp, de Hoor torüch, Brill af und ik seet, nee, ik leeg meist; aver recht bequem.

„Wir säubern erst einmal das Gesicht."

„Dat deit nich nödig. Ik heff mi jüst das Gesicht mit Seep ornlich wuschen."

„Das ist ein Fehler! Seife gehört nicht ins Gesicht. Daher ihre trockene Haut."

Se klatschte mi denn koole und natte Lappen in´t Gesicht.

„Nach drei Minuten Einwirkung können wir dann beginnen. In der Zwischenzeit rühre ich die Maske an, die für ihre trockene Haut dringend nötig ist.“

Denn wurrn die Ogen mit Wattepads afdeckt und mien Gesicht wurr mit – ik glöv, dat wer´n Quast – bearbeitet. Eerst weer dat schöön koolt und angenehm, aver denn harr ik en Hitten in de Kopp.

„Wi lang schall ik denn so sitten blieven?“

„30 Minuten!“

„Und wie lang sitt ik schon?“

„8 Minuten!“

„Könen wi uns op 15 Minuten eenigen?“

„Nein, dann wirkt die Gesichtsmaske nicht. Die Haut zieht die Feuchtigkeit langsam ein und das braucht nun mal seine Zeit.“

„Und wenn mi dat unangenehm is?“

„Sie gewöhnen sich gleich daran.“

……

„Wie lang noch?“

„20 Minuten brauchen wir noch.“

„Sünd se för´n Kompromiss praat? Se befrien mi vun de Mask und ik geev se´n Drinkgeld!“

„OK!“

Se makte dat ok ohne Drinkgeld!

Nu kreeg ik noch en feine Gesichtsmaske, de richtig good dä, aver de Huut spannte. Mit en düüre Dagescreme schull dat denn aver gau vörbi sien.

„Sie haben einen Damenbart. Den werden wir noch ganz schnell mit Heißwachs abziehen.“

Schnell stimmte genau; weh dä dat bi´t Aftrecken. De Böverlipp wurr dick, wulstig.

„Das ist in ein paar Stunden wieder weg .
Nun wollen wir noch schnell die Augenbrauen zupfen und ....“
„Nee, nee! Nix dor! Ik seh nu all ramponeert nuch ut. Ik bruuk nich noch twee Knasten över de Ogen!“

Wat schallst dorto seggen? De Kosmetikerin hett sik jo würklich alle Möchte geven, aver wenn sun Minsch as ik – de Quecksilver in de Mors hett – nich teihn Minuten still sitten kann, wie schall denn dor en glattet, entspanntet Gesicht bi ruut kaamen?

Ik bün denn na düsse Verwöhnstunn na Huus flitzt, heff de Kopp ünner de Waterhünk holen, allns mit Seep afwuschen und mi wie eh und je mit de oldbewährte Niveacreme inschmeert.

Dat licht nu schon en poor Johr torüch. Wenn ik nu in de Speegel kiek, denn segg ik nuch maal: „Na, Inge! Wie weer dat mit en Gesichtsmaske bi de Kosmetikerin?“

Dischkorten

Hest du goode Erinnerungen makt mit Dischkorten? Jo? Denn sie froh und wenn nich, denn kannst naföhlen, wi mi dat gahn hett.

Bi en groote Gesellschaft is dat nu maal so – du musst jo Regel op de Kraam kriegen – du hanteerst mit Dischkorten.

Ik spazeerte al maal so sinnig dörch de Reegen in de Saal um to kieken, wer mien Gegenöver und mien Nebenmann oder Nebenfru vun links und vun rechts warrn schull.

Na ja, allns unbekannte Lüüd.

Na de Begrötung wurrn wi denn op unse Plätze beeden. Mien Gegenöver nickköppen mi beide to.

„Guten Abend! Wir sind das Ehepaar Petersen aus Kappeln."

„Angenehm!"

De rechten Navers keemen mi bekannt vör und wi keemen rasch in Klönschnack. Wi harrn uns maal bi de Hundeprüfungen drapen.

„Moin, moin! Wullt du´n beten bi mi sitten hüüt Avend?", so mien Dischnaver vun links.

„Jo, dat mutt ik denn jo wull", sä ik.

„Wat heet hier mutt!? Dat warrst du nich bereu´n. Du sühst gor nich dorno ut, dat du Platt schnackst. En Pluspunkt hest du all bi mi."

„Mutt ik mi dorop wat inbillen?"

„Nee, nee! Ik heet Hermann. Prost!"

„Jo, prost!"

„Ik bün en echte angeliter Buur!"

Hhmm …

Schull ik nu seggen ´Dat süht man!´, oder schull ik seggen ´Dat rükt man!‘?

De Supp keem op de Disch – Spargelsupp mit veel Fleeschklümp. Na de dritte Teller, jümmers vull bet an de Rand, keek ik nich mehr na links.

Denn geev dat Rehbraaten.

So´n lütte Kitz hett mien Naver sach wegneiht.

Denn geev dat noch Ies und en poor Pharisäer to´t Naspöölen.

Mann, dat weer tatsächlich en echte Buur. Wo anner Lüüd en Maag hebbt, hett he en Pansen.

Ik luurte schon maal na de Klock. De ene und annere droog noch maal wat vör. Denn keem de Ehrendanz för de Jubilar und denn, denn weer Danz för de ganze Gesellschaft.

Jem könt sik denken, wat nu passeert? Nee?

De Kapell speelte „Und denn is Danz op de Deel ...!“ De Angeliter kreeg mi bi de Wickel und schoov mi jümmers noch maal quer dörch de Saal und denn mit Riesenschritten vun de ene Eck na de annere. Sien grooten Fööt stunn mehr op mien as op dat Parkett.

De Knööp vun mien Bluus seeten nich mehr vörn, wo se hen hörten, nee, achtern op de Rüch harr ik se.

„Fehlt bloots noch, dat he mi de Arm utkugelt“, dach ik so bi mi.

„Mach´s ok so geern danzen?“ Nu wurr he ok noch bi´t Danzen gesprächig.

„Danzen jo, aver nich so! Ik bün doch nich dien Schuuvkoor, mit de du dörch de Gegend suust!“

„Wi is dat mit Tango oder langsaame Walzer?“, wull he vun mi weeten, as wi wedder op unse Plätze weern.

„Nee, laat man good sien. Ok en sinniget `op de Fööt peern` kann to´n Bruch föhren.“

Ik seet – ganz ut de Fason – op mien Platz und dach bi mi ´Wi kümmst du hier bloots weg?‘

„Wat is, muchs denn mien Telefonnummer in dien Handy speichern?“

„Danke nee! De notwendige Nummer – wenn ik den ganzen Avend mit di danzen schall – heff ik in de Kopp: Notruf 112!“

Harvstspazeergang

Hest du Lust op en Spaziergang in Harvst? De Oktober kann nu maal veel schööner sien as de hitte oder verregnete Summer. Kumm eenfach mit mi oder hör mi eenfach to.

De Sunn geiht so langsaam achter´t Holt op. Dat süht ut, as op dor en Füürball in´t Morgengrau opstiggt.

Jüst weer dat noch schummerig, aver de roode, orangefarbene Sünn bringt in en poor Minuten Licht und Leven in de Dag.

Ik kiek över de Wischen. De Nebel stiggt op, dat Gras glänzt vun Spinnweeven, as weer de ganze Koppel mit Siedendöker utlecht oder bespannt wurrn.

En poor enkelte Vagels sünd to hörn, ansunsten is allns ruhig und still.

Ik loop und mak jede Schritt ganz bewusst op de Grund. Ik will de Eer ünner mi und de Heven över mi spören und dat Licht und de Helligkeit in mien Ogen hebben.

Ik atme deep in, hal mi de Energie in mien Körper rin und bi´t Utatmen laat ik allns ruut, wat mi lästig ist oder mi belasten deit.

So nimmt man ganz bewusst de Natur wohr.

Ik gah deeper in´t Holt rin. Links, rechts, vör mi de Bööm mit hübsche Färbung vun gröön över geel und bruun bet hen na düsterrot. De Eekeln, Bookeckern, Kastanneln, Pilze liggen und stahn vör mi op samtweeket Moos.

Man kunn menen, de leeve Gott hett vör unsere Tierwelt de Disch deckt.

Ik gah wie op Daunen op de Moosteppich.

An en Lichtung breken sik de Sünnenstrahlen direkt op mi hendaal. Ik sett mi op en Boomstump und geneet düssen Moment. Ik nehm allns wohr, wat um mi herum passeert.

De groote Böökenboom, de in´t Fröhjohr vull Laub stunn, hett nu man bloots noch ´n poor enkelte Bläder.

De Kraft geiht ut de Wuddeln över de Stamm in de Bläder, de nu dörch de Luft danzend na neern fallen. De Bohm geiht nu – wie nu so veeles – in de Winterslaap.

De Bööm bruukt düsse Ruhepaus, um in´t Fröhjohr wedder kraftvull in Saft to gahn.

Umarm maal in´t Fröhjohr en Eek oder Böök. De hett so veel Energie, dat du dat in dien Körper, vun de Footspitzen bet in de Hoorwuddeln spörst.

Aver nu is Harvst. Dat dröge Loof raschelt ünner mien Fööt, ´n poor Vagels singen noch liesen, dat Wild luurt dorop, dat ik umkehr, dormit wedder Roh herrscht.

Daudrüppen fallen wie Kristalle vun de Dannenbööme. De Sünn steiht sied und schient mi liek in´t Gesicht, in de Ogen;

hellet Licht, frische Luft und Wärme an en Oktobermorgen.
So hett de Harvst ok schööne, sogaar sehr schööne Daag.

Erinnerungen

Wat sünd Erinnerungen?
Erinnerungen sünd wat nicht alldägliches, oder doch wat ganz normaalet?

Dat sünd Ogenblicke in´t Leven, de du ganz gau bisiet schuven muchst, eenfach vergeten, nich belevt hebben muchst. Oder dat sünd ok Ogenblicke, de du fastholen kunnst und nie wedder hergeven muchst; för keen Geld.

So is dat Leven. Du warst geboren, weets nich, wie lang du Gast op düsse Welt büst – und musst irgendwann starben.

So besteiht dat ganze Leven ut Erinnerungen. Wie dat Geven und dat Nehmen, Lachen und Wenen, Freude und Truer. Alles hett sien Tiet und allns bringt neehe Erinnerungen.

Dat keem mi so ganz dütlich in de Kopp bi´t Flüdden vun mien Huus in de neehe Wohnung.

Jede Eck und Winkel, jede Schuuf und Regaal musste leer maakt warrn. Wat dor allns wedder an´t Dageslicht keem, und somit keemen ok de Erinnerungen hoch.

In de en Schatull legen noch´n poor Schriev- und Maalhefte ut mien eerste Schooljohr. De harr Mudder sach opwohrt, denn dor weer schon en beten Fantasie nödig, dat allns to entziffern.

Half Hoch- und half Plattdüütsch, dat is´n nettet Kauderwelsch. Veerbeenige Höhner, grötter as de tweebeenigen Peer.

Mien Schooltiet wurr wedder in mi waak. Ik schmunzelte vör mi hen, jo, ik lachte ok över mi.

Nächste Schuuf, nächste Erinnerung. En Handvull Musikkassetten. All wegschmieten? Och nee, de schull man sik woll sach noch maal anhörn.

Rock and Roll und Schnulzen!

Geiht di dat ok so? Du hörst en Melodie und du weets noch genau, wo und mit wem du dat Stück hört hest, mitünner sogaar, wat du anhatt hest.

Und denn all de Fotos. Um mi dörch de Massen to arbeiten, bruukte ik en Masse Tiet. Ik fraagte mi, ob ik wohrhaftig an jede Ogenblick, de dat Foto mi wieste, erinnert warrn wull.

Nee! Also weg dormit. Blots en Bruchdeel bleev torüch.

Nu keem de Anrichte an de Reeg. Föftig Tassen, sössunddörtig deepe, sössunddörtig flache Teller und mehrere Kaffeekannen. Dat is sach ´n beten üppig för en Eenpersonenhuusholt, oder?

Dat weer meist allns noch ut Mudders und Omas Bestände.

As ik de Goldrandkaffeekann in de Hannen harr, erinnerte ik mi an mien Öllernhuus, an Vadder und Mudder, an de fein deckte Disch för all de Besöök, de bi uns in und ut gingen und geern und good bewirtet wurrn.

Wenn Besöök keem, mussen mien grote Schwester und ik uns fein antrecken und de Gäste mit´n Knicks begröten. Eenige harrn uns denn ok wat mitbröcht. Maal en Stang Sahnebontjen, ´n poor Duurlutscher, Ahoi-Brausepulver, fief Penn oder sogaar ‘n Grüschen.

Nu kraamte ik mang de veelen sülvst makten Häkeldecken vun Oma und Mudder, de de beiden tosätzlich neben de veele Arbeit op ´n Hoff makt hebbt.

Denn weer dat Kleederschapp an de Reeg.

Ohauaha! Dat Kleed? Nee, keen goode Erinnerung! Weg dormit. De Pullover – oh jo – de mutt unbedingt mit. De Shorts?

Jo, dat weer de letzte Urlaub to tweet op Gran Canaria.

En besonnere Schaal und en Schlips vun mien Mann, verbunnen mit 'n ganze Masse herrliche Tieten, sünd denn mit mi umtrucken.

Denn veele schööne Biller, arft vun mien Fründin Anneliese und maalt vun mien Opa. Opa Clausen weer jümmers gut dropp, wie man hüüt so seggt, und he harr jümmers en Baskemütz scheef op de Kopp. He weer Künstler und seeg ok so ut. Mit wenig Material und en Masse Fantasie bröchte he Kunstwerke op Papier.

He betitelte sik as Kunst- und Stakettenmaaler.

Jo, und denn harr ik en Handvull Hundelienen und Halsbänner vun unse Hunnen in de Hand. De Tiet mit de truen Wegbegleiter weer en wertvulle Levensafschnitt.

Erinnerungsschübe lösen sik jümmer wedder ut. Wo sünd se? In mi? Oder buten in de Luft, in de Atmosphäre?

Nehm se dörch Gegenstände, Böker, Leeder, Kledung Gestalt an und verlebendigen se sik?

Ik weet dat nich.

Böse, schlechte Erinnerungen geev af. De gooden, schöönen Erinnerungen, de hol fast und nehm se mit in dien Droom.

Open Arms

Eensaam, wat heet alleen?
Dat gifft Minschen, de in Familien, in Gesellschaft leven, aver liekers eensaam sünd. Annere leven alleen, sind aver utfüllt und tofreden.

Wi kümmt dat?

Du, du ganz alleen büst för di verantwoortlich, toständig.

Gah op de Minschen to, schnack mit se, kiek nich no de Siet.

Mennich maal gifft dat Tofälle, oder sünd dat gaar keen Tofälle? Ist dat för uns bestimmt, wat dor passeert?

So harr ik en ganz besünnerliches Erlevnis an de Baadestrand. Wi veer Fruuns seten in de Sand, keken över dat blanke Water röver no Nordstrandischmoor – en wunnerschöönet Panorama. Miteens stunn en Hund vör mi, keek mi an, freite sik. De Blick weer foorts vertruut. Dat Gesicht, de Figur, allns weer ..., jo en Evenbild vun unse Hunnen in junge Johrn.

Dat Frauchen op dat annere Enn vun de Lien versöchte mit en StocK de Hund dorto to bringen, in´t Water to gahn. De lütte Nancy aver meente woll, dat natte Fööt nuch weern.

Ik vertellte nun vun mien Hundeutbildung und spörte Lust und Freude in mi.

Speelerisch und vörsichtig nehm ik Kontakt to de eenjährige, spanische Labrador-Korthaarjagdhündin op, nehm ehr op mien Arm, schmuuste en beten mit ehr und güng denn ´n Stück in´t Water, so dat se in mien Begleitung torüch to ehr Frauchen schwimmen musse. Se stunn an´t Ufer mit en Leckerli. Dat makten wi dree Maal und de Angst vör´t Water wer braken.

Wat ik noch seggen wull ....

Wenn di in´t Leven wat Schöönes anbaan ward, so wi ik dat erleven kunn, nehm dat mit wiet apene Arms und wiedet Hart an.

Dat is en Dankeschöön an´t Leven.

En schöönet Wochenend

Blots junge Lüüd könnt fiern und lustig sien, de öllere Generation sitt to Huus to Lesen oder vör de Fernseher und kickt sik de „Blindenstraat“ an.

Nix dor! Vun wegen luute Hip-Hop oder Jazz mit veel Bass, de de Hörakustiker nich brotlos warrn laten, nee, unse Generation kann noch so richtig fiern; ok ohne Musikinstrumente. Wi könnt noch singen mit unse eegen Stimm, ohne Luutspreker.

Dat hebbt wie erst vör korten ünner Bewies stellt.

Der Büchener Wannergruppe weer op´n Wochenendtripp in Husum. Mien Schwester wull ´n lütte Geburtsdagsrunn utgeven. Dat schull an de Husumer Haben ünner frien Heven passeern. Ik schull denn de kohlen Geträänke so to de Klock acht vörbi bringen.

Ik alleen? Nee, dat weer mi to langwielig und so keem mi de Infall, Heidi, Frauke, Maike und Ulrike antoklingeln, um Irma und Egon mit ehr Wannercrew to överraschen.

Wi fief Fruunslüüd malten rasch ´n poor Plakate, bemalten ok Fraukes rode Regenschirm, schmeten uns de Rucksäck op unse Rüch, stülpten uns lustige Hööt op de Kopp und los güng dat denn. Mit Gesang natüürlich. Wi sungen life ole Wannerleder vun to Huus de Straat entlang bet an´t Habenbecken.

De Överraschung weer perfekt.

Wi söchten uns en poor Bänke dicht an de Habenkant bi´t neehe Rathuus. Na en poor Schnappes und na bummeli en halve Stünn sungen wi all tohoop und denn ..., jo, denn hebbt wi na unse Gesang danzt.

Dänze, de wi to unse Kinnerfeste danzt hebbt. Weten jem noch? „Ach, lieber Schuster du ...“, „Gah vun mi, gah vun mi ...“, „Ringlein, Ringlein, du mußt wandern ...“ und denn „Wenn hier en Pott mit Bohnen steiht und dor en Pott mit Brie ....“.

Twee Schandarms freiten sik mit uns und meenten denn: „Dat Leergut entsorgt jem doch ...?“

„Klor, wi sünd doch noch vun de ole Schlag ...!“

An´n nächsten Dag harrn wie en wunnerschööne Stormstadt-Husum-Föhrung in en Oldtimerbus mit Heinz Mühlenbeck, en Stormspezialist, de wi all siet unse Jugendtiet kennt, und dorna wanderten wi vun Husum na Schobüll.

Avends wurr denn fein eten und an annern Dag wurr noch maal dörch Husum wandert, bevör dat denn na´t Middageten wedder an´t Afscheednehmen güng.

An Avend seet ik wedder alleen op mien Terrasse und freite mi, dat ik wunnerschööne Stunnen mit Familie und Frünnen verbröcht harr und dat de Fremden, de ik bither noch nicht kennt harr, mi miteens ganz neeg stunnen.

Fruunslüüd griepen an

Flohmarkt

Wenn du vun de Flohmarkt-Beschicker-Virus befullen büst, kummst dor ganz schlecht wedder vun los.
Eenmaal in de Monat mutt ik los. Mien Levensünnerholt kann ik dormit twors nich verdenen, aver de Atmosphäre, dat miteenanner, de ünnerscheedlichen Minschen, dat ist dat, wat so´n Flohmarkt utmakt. Und denn dat Hanneln, Tuschen, Kieken, Schnacken. Avends büst twors mööd und sturzkaputt und dat schworverdente Geld is rasch tellt.

Letzten Sünndag weer dat maal wedder so wiet. Um halvig süss wulln wi unse Stand opbuun. Dat heet, eerstmaal den Disch opstelln, um uns de Standplatz to seekern

Um halvig fief weer ik all maal waken, aver dat weer mi noch ´n beten to fröh und ik dreihte mi noch maal um. Viertel för süss wurr ik wedder waken und denn mit en Karacho ut de Puuch, rasch de Tähn putzt, Pullover und de Büx över dat Nachthemd und rin in´t Auto.

Uschi, mien Naversch, weer al dor:

„Ich bin so spät wach geworden. Ich habe noch mein Nachthemd an."

„Fein", sä ik, „dor kann ik mithollen!"

Dann weer Schichtwessel. Heidi und Christiane keemen wuschen und frisch friseert und lösten uns aff, so dat wi endlich ut unse Nachthemden keemen.

So bummelig um Klock acht weern wi denn ok all an Ort und Stell. De Dische wurrn fein bestückt und dekoreert und de Kleederstänner weern rappelfull.

Am besten verköffst avers Klamotten, de du an´t Lief hest. Du must di vun Hack to Nack mit Priesschiller behangen und denn so na und na allns verhökern.

En Fru funn denn ok mien Pullover und de Büx schmuck und wull dat kopen.

„Welche Größe tragen Sie?"

„Baven 46, ünnen 42!"

„Hhmmm!? Ja, ich will abnehmen und bin auch schon bei den WeightWatchern. Wo kann ich die Sachen anprobieren?"

„Na, hier glieks achter de Pieler!"

Ik trok mi ut, se trok sik an. De Büx harr to´n Glück Gummitoch. De Taschen klafften op, aver de Nöthe heelten Stand. De Pullover bedeckte man jüst de Bost.

„Oh ha, dat is woll nix, wa?"

„Doch, das ist gerade richtig. Wenn ich da hinein passe, halte ich mit dem Abnehmen auf!"

Nevenan bi Uschi hannelte en Fru um dat Tassenservice: „Mak mi man en gode Pries. Ik heff nämlich blots noch twee Tassen in´t Schapp. Mien Mann is dörchbrennt; is affhaut. Wat he nich mitnahmen hett, dat hett he zerdeppert!"

Oh, en Lichtblick! Unse Frauke keem mit Kaffee und Brötchen.

Bi Heidi umlagerten en poor Fruuns de Stand, um noch´n Schnäpchen to maken. Heidi verscherbelte allns för – een Euro!!

Se kunn man glatt bi de Marktschrieer-Wettbewerb mithollen.

Christiane harr ehr Kleederschapp utrüümt und verramschte en ganzen Hupen Markenklamotten. Sogor Erich sien nieen Schoh und sien Jeans güngen mit op de Reis; allns för de Urlaubskass!

Twüschendörch keem en Gewitterflaag op uns hendaal.

Putt, Pann und Klamotten wurrn gau todeckt. Wi sehgen ok all recht bruukt, flohmarktfähig ut.

Langsaam buuten wi aff, packten de Reste in Pappkartons und stellten fast – swoor verdeente Geld. Aver der Atmosphäre op´n Flohmarkt makt dat; de is enorm.

„Wann is de nächste Flohmarkttermin?"

„Jeden eersten Sünnavend in` Monat!"

„Maken wi all wedder mit?"

„Na klar!!"

Wiehnachtsgeschenke

Bi Wiehnachtsgeschenke, dor warrn to jede Weihnachten Erinnerungen waken.

Wi wullen uns eegentlich gor nix schenken, blots man so´n lüttet Deel to´n Utpacken. Dat makt Spaaß und man is gespannt, wat de Annere sik hett infallen laten. Jo, man is ok gespannt, wat dor denn to´n Vörschien kümmt.

Wenn dor denn wat liggen deit, wat du överhaupt nich lieden machs, oder sowat, wat gor nich passt, denn laat man maal dien Mimik spelen, ohne dat de glieks entgleist.

Dat liggt nun al veele Johrn torüch, over mi sitt dat jümmers noch in de Kopp, wenn dat Wiehnachten ward und vun Geschenke schnackt ward.

Twee lütte, in Geschenkpapier wickelte Deele leegen bi de Dannenboom. De weern för mi. Ik kunn mien Mann jümmers mit Böker beglücken. Dat weer also keen Problem.

Langsaam packte ich, schon ´n beten neeschierig, dat göttere Geschenk ut.

Und wat weer dat? En Pullover, düüsterblau mit Streifen! Mit rode, grööne und geele Streifen! De Rüch und de Arms weern eenfarbig, allns annere weer gestreift! So richti schöön hässlich!

Wi verhöllst di blots? Oh ..., schöön ..., danke ...; dat weer jo wull logen. Mach ik nich lien ..., dat weer unhöflich, denn so schrecklich lang levten wi beide noch nich tosamen.

Ik beet mi op de Tung, reet mi tosamen, denn dor weer jo noch dat tweete Päckchen.

Uk dat heff ik denn utpackt. Wienbrandbohnen, 500 Gramm!

De mach ik nu jo överhaupt nich – de heff ik noch nie nich mucht!

Dat muss he egentlich weten, denn öftens genug heff ik Mudder de wedder mit torüchgeven, wenn se mi maal so´n Dinge schenkte.

Eenerlei ..., ik seet bedeppert mit mien gestreifte Pullover und 500 Gramm Wienbrandbohnen vör de Dannenboom.

Mien Hans freute sik as jümmers över sien Book und fung ok schon ab to lesen.

Dat Johr dorna, schon in de Adventtiet, muckte ik schon maal: „Du, düt Johr schenken wi uns aver nix, oder?"

„Einverstanden! Nur ´ne Kleinigkeit zum Auspacken."

„In Ordnung!"

Hilligavend – jeder harr en Päckchen to utpacken vör sik.

„Du toeerst!"

„Nein, Du!"

Ik packte ut. Nee, nee, en bunte Ringelpulli. Dütmaal ohne Ärmel. Knalleng, de Streifen spannten over de Bost. Bi´t Lufthalen wurrn de doppelt so breet as op de Rüch.

Jüm meent, ik weer enttäuscht?

Nee, överhaupt nich en beten! Ik funn dat total witzig und weer gespannt op sien Gesicht, wenn he sien Päckchen utpacken würr.

Dat weer dütmaal nämlich keen Book. Nee, bruune Socken harr ik köfft. Bruune Socken mit extra lange Schaft.

Bruune Socken kunn he op den Dood nich utstahn.

„Nanu, kein Buch?"

„Nee!"

Dat utpacken weer denn jo jüst nich so, as he dat dacht harr.

He heel de Strümp in de Hand und ik mien Ringelpulli. Wi keeken uns an und fungen beide an to lachen.

Noch öftens – nich blots to Wiehnachten – hebben uns de Ringpulli und de bruune Socken ´n Masse Freid makt. Wenn mien Hans maal muksch mit mi weer, truck ik de knallenge Ringelpulli an und schon kunn he wedder lachen. Ebenso witzig weer, wenn he to korte Büx oder Ünnerbüx de bruunen Socken de Waden hochtruck.

Wiehnachten stunn wedder för de Döör. Wat schenken wi uns? Nix, wi hebbt do allns wat wi bruken., nämlich gestreifte Pullis und bruune Socken.

MBT

Oh, unse Egon weer jo jümmers so sportlich und op sien Figur bedacht. Over de Computer lett sik jo blots mit de Kopp und de Hannen bedehn. Allns wat darünner is, hett Roh und ward schont. Dat Gehirn wurr jümmers beweglicher, de Fööt wurrn allerdings lahmer und de Büx wurr stramm. De Buuk bredete sik no vörn ut.

In´t Internet wurr nu surft und denn: „Mann, de mutt ik hebben! MBT-Schooh!“

De lopen meist vun alleen, wenn man denn uk de Fööt richtig ansetten deit. De Nieanfänger vun düsse Schooh bruken und kriegen denn ok en Inföhrungskurs.

Egon over mascheerte furts vun Husum no Schobüll ohne Muskelkoter, ohn Weh und ohn to klaagen.

„Ik warr nu jeden Dag mien Footmarsch maken, und de Büx ward in en poor Wuchen schladdern, denn vun dat bitherige und künftige Gewicht trennen mi12 kg!“ Dat weern sien Wöör to Irma.

Forschen Schrittes suuste he dörch de Gorn.

Wer de MBT-Schooh kennt oder hett, weet, dat de Sohl nich glatt is, sonnern in de Meern en Wulst hett. Dat heet, nicht schlurrn, sonnern de Fööt fein anböörn und lopen. Wenn nicht, denn Stoppen de Sohlen.

Und so weer dat denn ok. Allns weer in de Weg. De Bordsteenkant, de Teerstraat, de Buuk, und de Klook dreihte sik um sik sülvst und harr keen Lust mehr, de richtige Tiet to wiesen. De Büx bleev heel. Dat is sach beste Qualität.

Over de Kneen! Blanke, düsterrode, in lila gohende Kneeschieven. De Handballen und Ellbogen opschüürt vun de Teerstraat. De Ringfinger, de sik sowieso noch nich so richtig vun de letzte Hommerschlach erholt harr, kreech noch maal so richtig wat uttoholen. De Spitz weer rein wech. Aff, wech!

In sun Schrecksekunn, Schock, makst jo wat, wat mitünner nich vun Vördehl is.

Egon sprung, dat heet he wull springen, wedder op de Fööt. Over dor meldete sik de Kreislop to Wort.

Dingeli, schwummeli wankte he no de Huusdör torüch und sette sik erst maal op de Bank. Irma keem jüst um de Eck suust und seech ehr demolerte Mausi. Besorcht, wi immer um ehr Familie, meente se denn:

„Wullt du eerst maal `n Stück Brot eten?"

„Nee, danke! Jod und veer Meter Ploster sind anbröchter!"

Dor over dat Verbandstüch nich utreckte, wer en Gang na de Doktor anseggt.

To all de Placken, Affschürfungen und Risse keem nu ok noch dörch de Tetanussprütt en Knast dorto an de Schuller.

So, nun mutt dat ganze jo eerst maal utsetten warrn. Over de Hege und Pflege vun Irma lett de Buuk wedder wassen. Dat makt over nix. Loop di de Punnen in´t Sitten vör de Computer aff. Ok dat geiht mit de MBT. Dat ganze harr jo sogor noch wat Positivet, leeve Egon: Old bist du noch lang nich, denn blots junge Lüüt fallen op Hannen und Kneen. Ole Lüüt fallen foorts op't Gesicht.

Buchtipps

Inge Slopianka / Inge vertellt

ISBN 3-936120-83-8, Paperback, 126 Seiten, €10,00

Tööv maal still ...
un schwuppdiwupp
hool Ogen un Ohren op,
denn schallst maal sehn,
watt?

Jo, watt wull ...

Inge Slopianka / Inge vertellt   Bd.II

ISBN 978-3-86675-013-5, Paperback, €8,40

Inge Slopianka, geb. Wohlert ut Ohrstedt-Bohnhoff hett dat Landleven un de Natur sünnerlich geern. „Ik mutt denn Himmel op de Kopp hebben, rut in de Natur, hier un dor 'n lütten Snack un foorts gifft dat 'n niege Geschicht.